曙英

旅行的日子

文/郭漁
圖/良根

二搞創意 序

曙英出版滿十週年了，

也是我們繪本創作的起點，

當初想出版書籍，沒有出版社認識我們，

所有事情只好我們自己來，故事自己寫、

圖自己畫、印刷廠自己找、店家寄賣自己談、

收不到錢自己去討。

過程雖然困難重重，但真心感謝讀者們的支持，

一般書店買不到卻賣到一本不剩，

也讓我們有了信心朝著繪本之路不斷前行至今。

這些年當中一直有讀者私訊想購買，

趁著十週年之際決定讓經典再度重現，

更完整的故事架構和新圖，

讓我們隨著曙英來一場閱讀旅行吧！

郭漁

碰撞日常生活中的瑣碎事物，
乍現出些許微弱的靈光，
遊戲就隱匿在字裡行間。

良根
創作取材於生活中
的觀察與發現，
畫小小的圖就是
良根大大的幸福。

一隻小黑貓出現在港口時，

引起人們議論紛紛。

不清楚他來自何方，

也不知道他要去何處。

流連港口的小黑貓成了大家討論的話題，

他們喚小黑貓「曙英」。

直到有天，不見曙英蹤影。

卸漁區
UNSHIP

乘客望著一隻看向窗外的小黑貓，
目不轉睛，
深怕如此獨特的景致，
稍縱即逝。

騎士成群結隊停駐，
一起目送曙英，
平安穿越馬路。

逛市場買菜的婆婆媽媽，
與曙英不期而遇。
菜販大聲吆喝，
共同開啟了晨光序曲。

夜幕低垂，星月高掛。

飢腸轆轆的人們，

聚集在攤位上打牙祭。

香氣四溢，

吸引了曙英，

獨自逛起夜市。

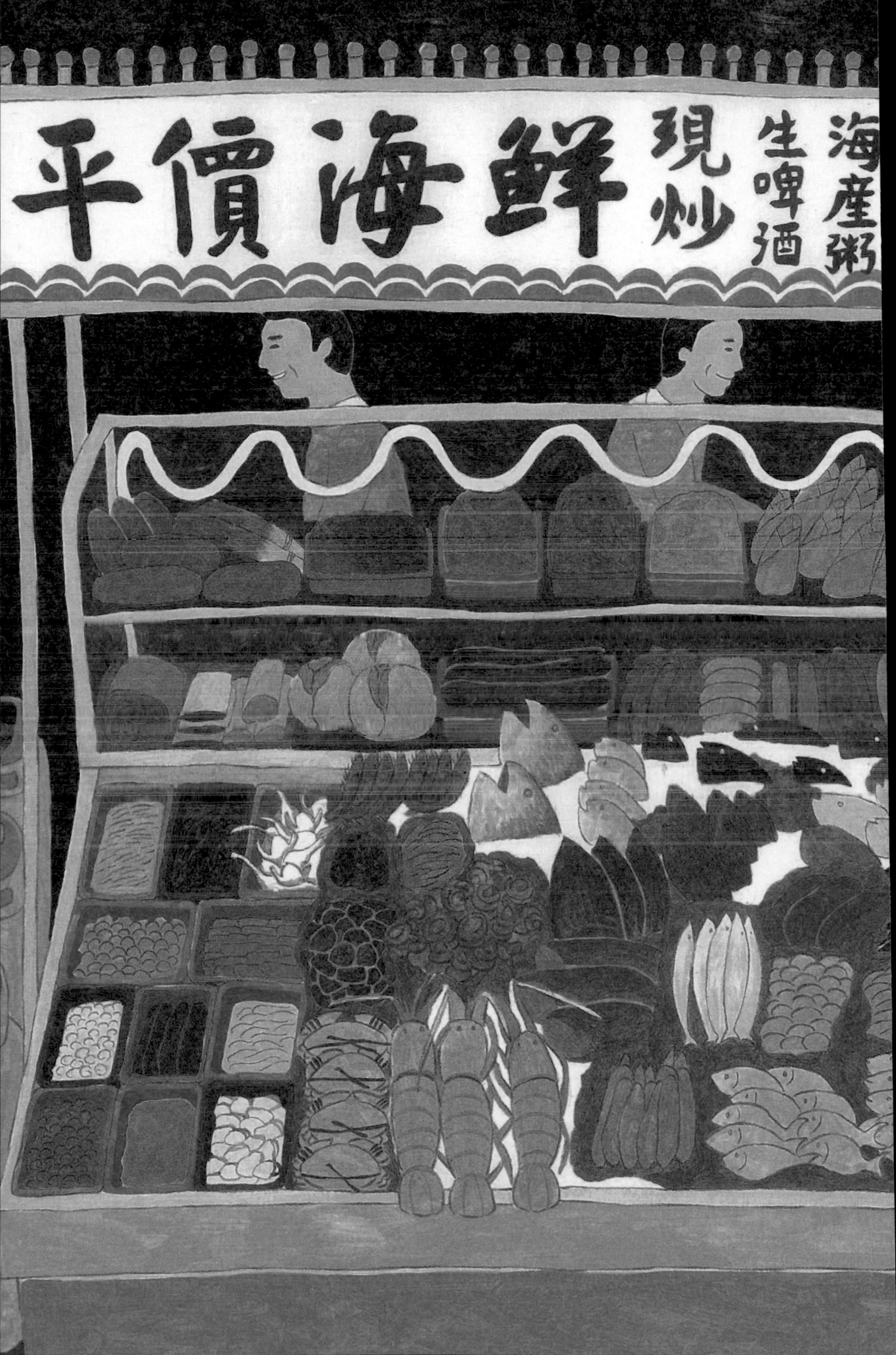
平價海鮮
現炒
生啤酒
海產粥

曙來終於吃到了人類的食物，那種旅行的昭顯著一路伴隨的關懷，首次感受到了人類的照顧，在每一個溫暖的時刻。

獨來獨往的曙英遠離人群，
途經曾是溫泉浴場的北投博物館，
感受已經逝去的氤氳。

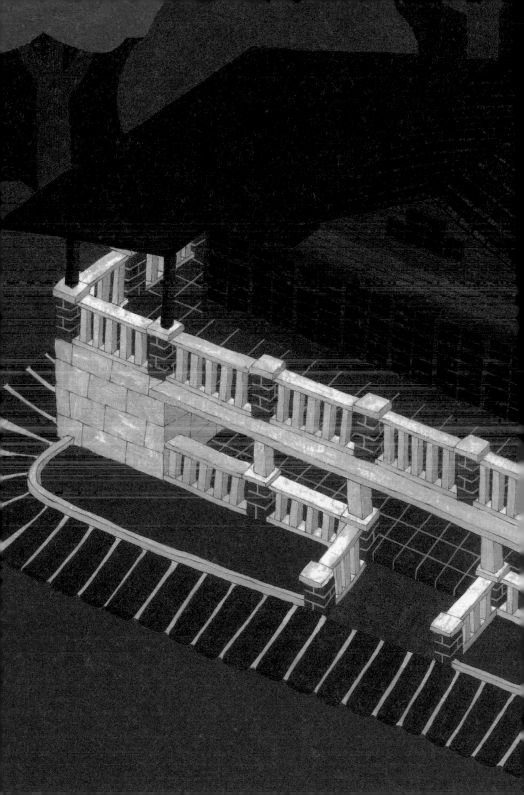

大家沉浸在公共浴池，十分驚喜曙英的出現，共享溫泉帶來的暖意。

農人喜獲豐收的喜悅，
旺來！旺來！
曙英在黃澄澄的陽光下，
踏步前來。

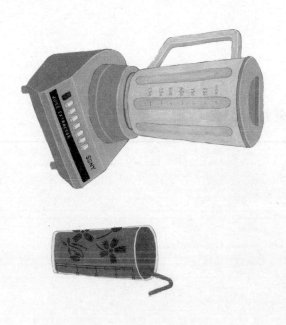

炎炎的夏季，
清涼的冰沙
冷卻了暑
瞭其
一身
的暑
氣。

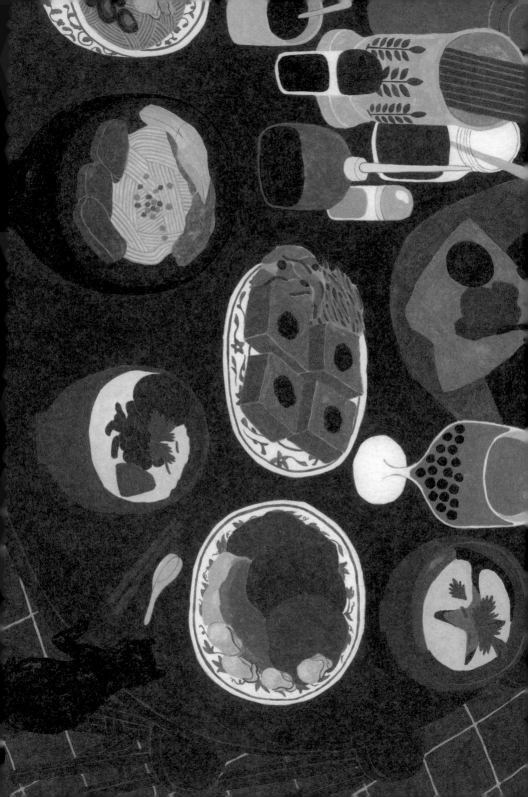

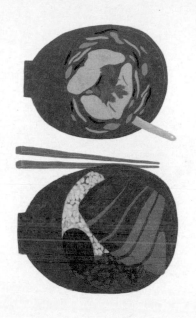

人們喜歡

用香辣歡火分子,

心上一道菜一寸,

下一道菜是不分子,

提著辣椒刀子,

曙光伸手去掉。

候在椪菜的菜食,

記全來挖開菜的美食,

哪裡的美食。

曙英來到一個小社區。

家家守望相助

與其他街貓擦身而過，
他終於停下步伐。

屋子大門深鎖，
不得其門而入，
曙英僅在門外守候，
靜待家門開啟的那一刻。

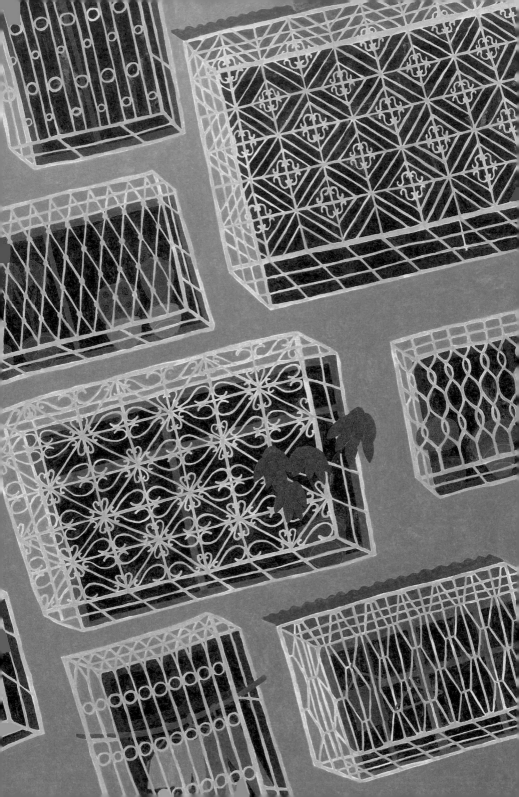

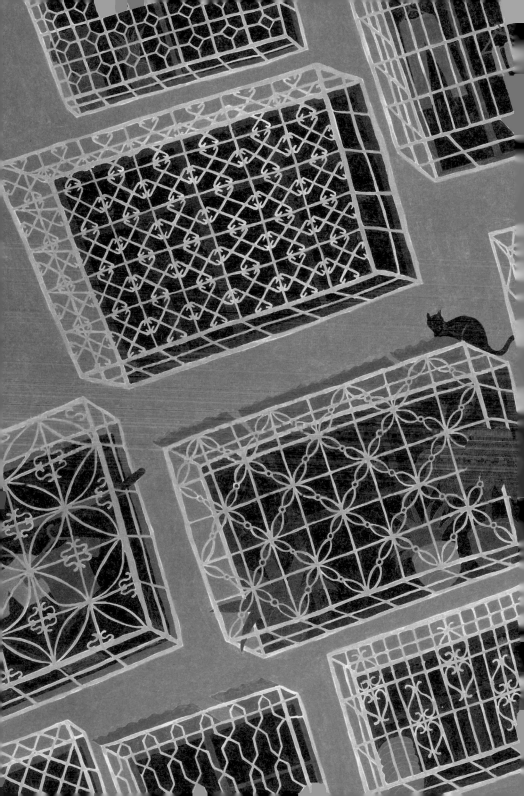

無論吹風下雨，
都趕不走曙英，
冰冷的鐵窗阻隔在外，
裡面卻有一個溫暖的家。

皇天不負苦心貓，

曙英總算順利進門。

他腳步輕盈，踏著一層層的階梯。

目的地也許就在下一個轉角。

不請自來，
或者遠道而來，
總之來者是客。

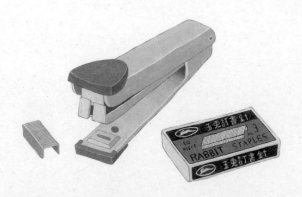

曙英四處探索，
想要好好認識以後的棲身之所。

一家人很快就接納了曙英，

他們從不在意他如何來到家中，

也並未幫他取任何名字。

曙英結束了餐風露宿的日子，

現在他擁有專屬的沙發，

也不再擔心會餓肚子。

曙英深刻體會到，

旅行的最終目的就是回家。

曙英 旅行的日子

文字｜郭漁

插圖｜良根

手寫字｜蘇怡樺

封面設計｜王筱禕

製作人｜陳冠仔

出版｜大寬文化工作室 Kuan Culture Studio

　　　kuan.culture@gmail.com

　　　02-2937-8044

　　　116 台北市文山區樟新街 5 巷 10 號 4 樓

總經銷｜大和圖書書報股份有限公司

　　　02-8990-2588（代表號）

　　　248 新北市新莊區五工五路 2 號

本版發行｜2024 年 2 月

定價｜NT$380

ISBN ｜ 978-626-97998-0-0